im April 1982

Für Deine Hilfestellung beim
Einrichten der Bücherstube
ein herzliches Dankeschön.

Eva

bei Thienemann

DIE SCHATTENNÄHMASCHINE

Michael Ende · Binette Schroeder

«Für Ingeborg»

Der wirkliche Apfel

Hommage an Jacques Prévert

Ein Mann der Feder, berühmt und bekannt
als strenger Realist,
beschloß, einen einfachen Gegenstand
zu beschreiben, so wie er ist:
Einen Apfel zum Beispiel, zwei Groschen wert,
mit allem, was dazu gehört.

Er beschrieb die Form, die Farbe, den Duft,
den Geschmack, das Gehäuse, den Stiel,
den Zweig, den Baum, die Landschaft, die Luft,
das Gesetz, nach dem er vom Baume fiel…

Doch das war nicht der wirkliche Apfel, nicht wahr?
Denn zu diesem gehörte das Wetter, das Jahr,
die Sonne, der Mond und die Sterne…

Ein paar tausend Seiten beschrieb er zwar,
doch das Ende lag weit in der Ferne;
denn schließlich gehörte er selber dazu,
der all dies beschrieb, und der Markt und das Geld
und Adam und Eva und ich und du
und Gott und die ganze Welt…

Und endlich erkannte der Federmann,
daß man nie einen Apfel beschreiben kann.
Von da an ließ er es bleiben,
die Wirklichkeit zu beschreiben.
Er begnügte sich indessen
damit, den Apfel zu essen.

Der Wegweiser

Du warst des Weges sicher
Und hast dich doch verirrt.
Und noch viel ärgerlicher
Ist, daß es dunkel wird.

Du fragst dich, wohin gehst du?
Und dir wird bang im Sinn.
An einem Kreuzweg stehst du
Und weißt nicht mehr, wohin.

Da ragt in tiefem Schweigen
Ein Pfahl, der Arme hat,
Und seine Arme zeigen:
„Zum Waldsee" und „Zur Stadt".

Nun kannst du weitergehen,
Dein Weg ist dir bekannt.
Er aber bleibt dort stehen,
Wo er von jeher stand.

Er selber kann nicht lesen,
Kennt nicht der Worte Sinn,
Ist niemals dort gewesen
Und kommt auch niemals hin.

Jedoch, vielleicht nach Stunden,
Fällt er dir wieder ein:
Daß du den Weg gefunden,
Das dankst du ihm allein.

Verwittert ist er, staubig,
Nur ein Stück Holz, nicht mehr –
Doch es gibt Menschen, glaub' ich,
Die sind wie er.

Die Ausnahme

Haben Katzen
auch Glatzen?

So gut wie nie!

Nur die fast unbekannte
sogenannte
Glatzenkatze,
die hat se.

Und wie!

Der Unsichtbare

Es war einmal ein Mann, der war
zu seinem Kummer unsichtbar,
doch war er so nicht immer.
Er war's geworden mit der Zeit,
doch nicht durch Zauber oder Eid,
die Sache stand viel schlimmer!

Vor vielen Jahren war er doch
verhältnismäßig sichtbar noch!
Wodurch sein Bild sich trübte,
das war, daß niemand auf der Welt
sich je zu ihm als Freund gesellt,
der ihn von Herzen liebte.

Und der, den keiner gerne hat,
er geht verloren durch die Stadt,
ein Niemand hier auf Erden!
Zuerst vergeht sein Name nur,
sodann verliert er die Kontur –
unsichtbar muß er werden.

So ging der Mann nun stets umher.
Die Leute wunderten sich sehr,
erschrocken oder heiter:
Zwar seinen Anzug sah man gut,
darüber schwebte meist ein Hut,
dazwischen war nichts weiter.

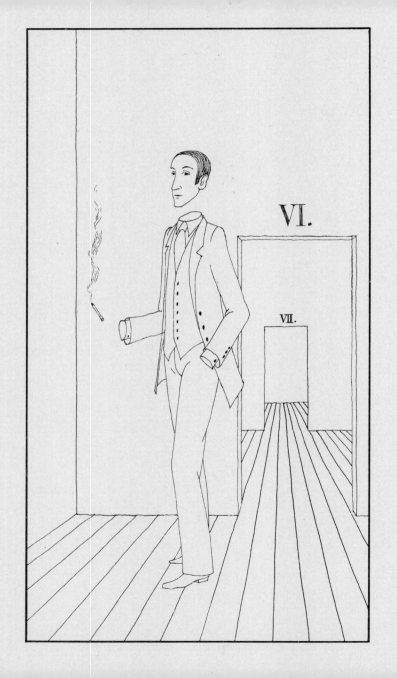

Da wurd's ihm eines Tags zu dumm,
er ging zu einem Künstler drum,
ließ eine Maske schnitzen:
„Sie soll", sprach er, „falls es das gibt,
so schön sein, daß mich jeder liebt;
und muß vortrefflich sitzen."

Und als die Maske war gemacht,
trug sie der Mann bei Tag und Nacht,
viel Menschen er betörte.
Doch weil's nur um die Maske war,
blieb er in Wahrheit unsichtbar,
was niemand weiter störte.

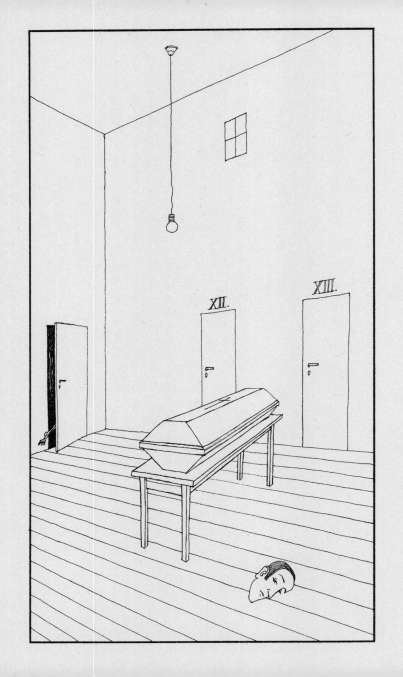

Er blieb's, bis ihn der Tod entlarvt'.
Ich aber will ganz unbedarft
die Kinderweisheit schreiben:
Sei dankbar jedem, der dich liebt,
sei selber wer, der Liebe gibt –
damit wir sichtbar bleiben!

Die Harpyie

Sie fährt aus Träumen auf. Der Himmel glutet
im roten Todeskampf des Tageslichts.
Sie reckt sich, marmorweißen Angesichts,
das ganz vom Widerschein der Sonne blutet.

Dann ist sie fort. Doch plötzlich, unvermutet,
formt sie sich neu im Dunkel aus dem Nichts:
Von Gier geschwollen, wachsenden Gewichts,
hockt sie auf Klippen, wo die Salzgischt flutet.

Wie grüne Monde glimmen ihre Augen.
Sie hält sich reglos wie ein toter Baum
und lauert lechzend darauf, Blut zu saugen.

Scharf schrillt ihr Schrei durch Nacht und Himmelsraum.
Entsetzen lähmt, die ihr zum Opfer taugen.
Dann sinkt sie satt zurück in ihren Traum.

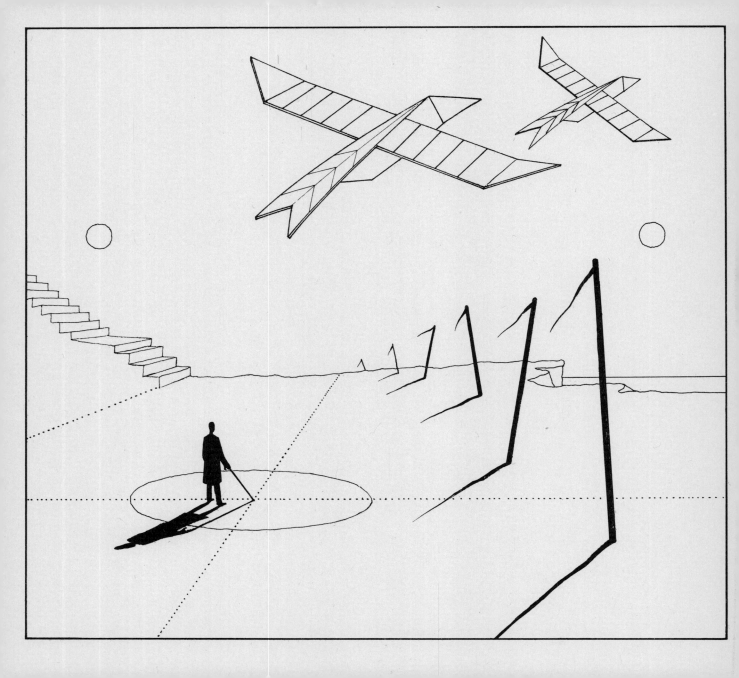

Der Zauberer

An toten Meeren steht sein Mondpalast.
Mit leeren Augenhöhlen, ausgebrannt,
zieht Simon Magus Kreise in den Sand.
Schwarz sind die Schatten, weiß der Sonnenglast.

Er denkt und denkt, was er in Formeln faßt:
Traumvögel läßt er steigen übers Land,
groß, aber stumm, im Zeichen festgebannt.
Farbe und Leben sind ihm ganz verhaßt.

Mit seinem Blindenstab schreibt er den Pakt,
niemals zu lieben, stets allein zu sein;
denn seine Macht ist wie sein Werk: abstrakt.

Die Doppelsonne wirft unheiligen Schein,
und Simons Schöpfung bleibt verrucht, vertrackt,
unmerklich falsch – so falsch wie dieser Reim.

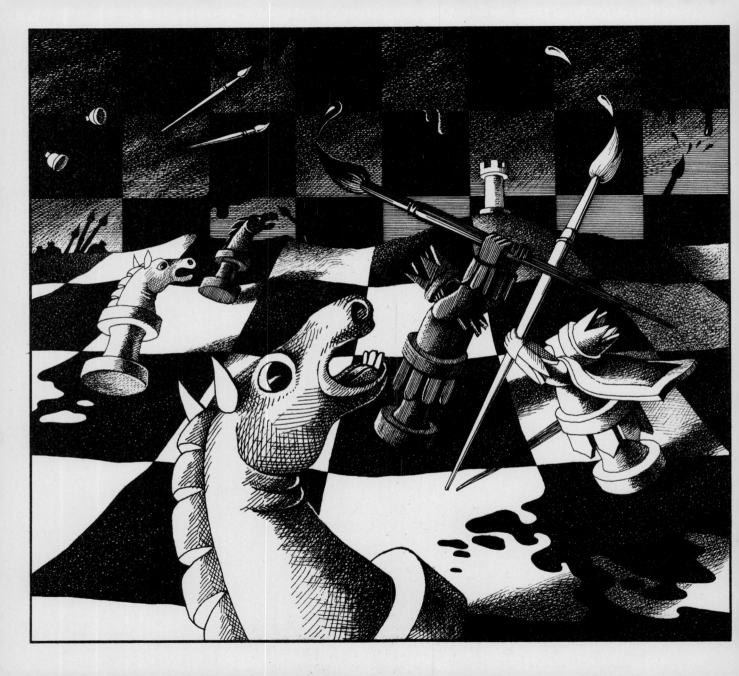

Das verrückte Schachspiel

Den Schachfiguren aus einem Spiel,
denen war es eines Tages zu viel,
nur immer sich selber zu spielen.
Sie kamen zusammen auf einem Brett,
und meinten, es wäre doch auch mal sehr nett,
sich als die andern zu fühlen.

Sie tauschten die Plätze drum Zug um Zug,
doch damit war es noch lang nicht genug,
auch die Farbe wollt' keine behalten.
Die Weißen malten sich schwarz mit Fleiß,
die Schwarzen dagegen malten sich weiß –
da blieb doch wohl alles beim alten?

O nein, die Verwirrung war grenzenlos!
Wer schwarz (das heißt weiß), ging auf Weiß (Schwarz) los,
weil die Weiß-Schwarzen schwarz-weiß nicht taugen!
War schwarz-weiß nun weiß-schwarz? – oder umgekehrt?
Als ich ging, war die Frage noch ungeklärt.
Doch mir flimmert's noch jetzt vor den Augen!

Das verlorene Lächeln

Im Gefilde südlich-warmer Länder,
wo die Blumen üppig blühn und bunt,
stand Dolores am Balkongeländer,
ein verlornes Lächeln auf dem Mund.

In Gedanken Nils, den Freund, zu suchen,
träumte sie für einen Augenblick;
doch dann rief man zu Kaffee und Kuchen.
Das verlorne Lächeln blieb zurück.

Und es zog von dannen, den zu finden
hoch im Norden, dem's gegolten hat.
Und es flog in immer kältern Winden,
halb erfroren schon und todesmatt.

Ob's das Ziel der Suche noch erlebte,
weiß ich nicht. Es schien mir allzu müd.
Aber schau: Wo es vorüberschwebte,
ist am kahlen Baum ein Zweig erblüht!

Ladies Vanishing

Mag man's auch rätselhaft finden,
Dennoch muß es so sein:

Immer wenn Damen verschwinden,
Tun sie's zu zwei'n oder drei'n.

Die Schattennähmaschine

Eine Nähmaschine

stand auf einer Düne,

stand die ganze Nacht,

bis im Morgengrauen

nahten sieben Frauen

in Brabanter Tracht.

Und die sieben Damen,

nacheinander nahmen

Platz und nähten steif

jegliche der andern

an den Rock aus Flandern

einen dunklen Streif.

In der Morgensonne

gehn sie in Kolonne

heimwärts allgemach,

doch bei diesem Gange

ziehn sie endlos lange

Schattenschleppen nach.

Nur die Nähmaschine

war auf ihrer Düne

nun zu nichts mehr gut.

Von den Meereswogen

bald hinabgezogen,

ruht sie

in der

Flut.

Gar nicht

Ich weiß ein hübsches kleines Lied:
Ein dünnes, dünnes Nädelchen,
das sucht für sich ein Fädelchen,
das man durchs Öhr ihm zieht.

Soll es ein rotes Fädchen sein?
O nein, o nein, o nein!
Dann soll es wohl ein grünes sein?
O nein, o nein, o nein!
Vielleicht soll es ein blaues sein?
O nein, o nein, o nein!
Soll es am End' ein schwarzes sein?
o nein, o nein, o nein!

Wie soll das Fädchen sein, so sprich,
das man durchs Öhr ihm zieht?
„So dünn, so dünn, so dünnelich,
daß man es gar nicht sieht!"

Die kleinen Leutchen

Ein Männleinchen und ein Fräuleinchen,
die machten Hochzeitchen beidelein.
Sie schwuren sich ewiges Treuleinchen
im Glückchen und auch im Leidelein.

Sie hausten mit'nander im Essigtöpfelchen
ein Jährleinchen munter zu zweinchen,
dann kriegten sie endlich das kleinste Geschöpfelchen:
Ein Kindilinileinchen!

Zum Taufchen gab's ein gewaltiges Schmauslein
mit Würstchen und Sauerkräutelchen.
Ein Fingerhütelchen tranken sie auslein,
so groß war das Glücklein der Leutelchen!

Denn mögen Leutchen auch Winzlinge sein,
es paßt doch ein riesiges Freudchen hinein!

Der Ritter im Gewitter

Mitten im finsteren Mittelalter
Und obendrein noch um Mitternacht
Ritt durch den Urwald der Ritter Walter.
Der Blitz hat gezuckt und der Donner gekracht.

Die Tiere in ihren Verstecken horchten,
Vor Schrecken geduckt, auf die Wettergefahr.
Er aber hat sich kein bißchen geforchten,
Obwohl seine Rüstung aus Eisen war.

Er pfiff sich ein Liedchen und lächelte heiter.
Und warum war sein Mut wohl so heldenhaft?
Er trug auf dem Helm einen Blitzableiter
Und er vertraute der Wissenschaft.

Der Seiltänzer

Es war ein Tänzer auf dem Seil
Mit Namen Felix Fliegenbeil,
Der größte aller Zeiten,
Das kann man nicht bestreiten.
Ihm lag nicht viel an Gut und Geld,
Nichts an der Menge Gunst,
Ihm ging's nicht um den Ruhm der Welt,
Ihm ging es um die Kunst.

Schon in der Seiltanzschule war
Er bald der Beste in der Schar,
Und als ein Jahr vorüber,
War er dem Lehrer über.
Da sagte der in mildem Ton:
„Du Wunderkind, ade!
Ich kann dich nichts mehr lehren, Sohn,
Drum geh mit Gott – doch geh!"

So zog er in die Welt hinaus,
Wohin er kam, erscholl Applaus.
Die ganze Welt bereist' er
Und suchte seinen Meister.
Doch keiner tanzte so genial
Die Sprünge des Balletts
Hoch droben auf dem Seil aus Stahl
Und immer ohne Netz!

Da er den Meister nirgends fand
Beschloß er endlich kurzerhand,
Statt andre zu begeistern,
Sich selber zu bemeistern.
„Mein Tanz", sprach Felix Fliegenbeil,
„Ist noch kein Meisterstück.
Zwar kann ich alles auf dem Seil,
Doch ist das Seil zu dick!"

Drum spannte er von Haus zu Haus
Nun einen Draht anstatt des Taus
Und übte, drauf zu springen.
Das sollte bald gelingen.
Dann nahm er einen dünnern Draht
Und einen dünnsten noch –
Es dauerte zwei Jahre grad,
Dann konnte er's jedoch.

Und schließlich kam das siebte Jahr,
Da tanzte er auf einem Haar,
Gespannt von Turm zu Turme,
Dort schritt er hin im Sturme.
Das Publikum sah schweigend zu
Und hielt die Hüte fest.
Dann aber kam der letzte Clou,
Der sich kaum glauben läßt:

Denn eines Tags um acht Uhr früh,
Da spannt' er n i c h t s mehr zwischen sie:
Er tanzte auf der Leere,
Als ob dort etwas wäre!
Hoch überm Abgrund ging er zwar
Mit leichtem Tänzerschritt,
Doch weil er ohne Halt nun war,
Nahm ihn ein Windstoß mit.

Wer weiß, wohin der Wind ihn trieb?
Ein Astronom allein beschrieb,
Was er durchs Fernrohr schaute
Im Sternbild Argonaute:
Es sei, sprach er, gewiß kein Traum.
Er habe ihn gesehn
Von Stern zu Stern im Himmelsraum
Wie einen Tänzer gehn!

Es war der Tänzer ohne Seil
Mit Namen Felix Fliegenbeil,
Der größte aller Zeiten,
Das wird man nicht bestreiten.
Ihm lag nichts mehr an Gut und Geld,
Nichts an der Menge Gunst,
Ihm ging's nicht um den Ruhm der Welt,
Ihm ging es um die Kunst!

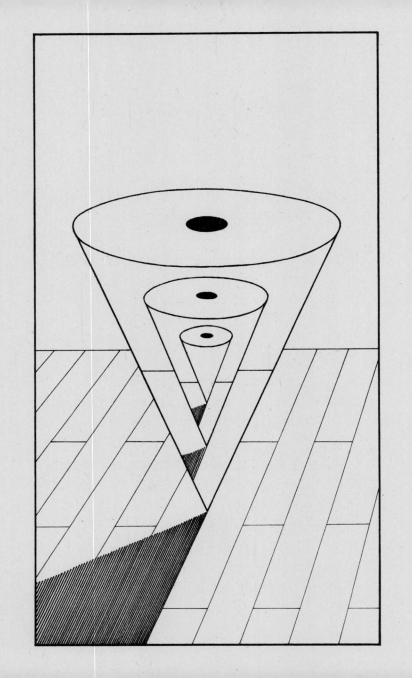

Der Kreisel

Es wollt' ein Kreisel tanzen gehn
auf einem Spielzeugfeste,
doch konnt' er sich nur um sich selber drehn,
das verdroß die übrigen Gäste.

„Nun tanz auch mit andern einmal, du Wicht!"
brummte ein Bär, ein goldgelber.
Doch das gerade konnte er nicht,
er tanzte nur um sich selber.

Er kreiselte weiter und schloß daraus,
es drehe sich alles um ihn.
Da warfen die Gäste ihn einfach hinaus,
was ihm ganz unbegreiflich schien.

„Es hat sich wohl doch um was andres gedreht
als um mich", sprach er schließlich mit Trauern.
Doch diese Einsicht kam leider zu spät
und ganz nutzlos blieb sein Bedauern,

denn ein Kreisel (mag er auch manches verstehn)
kann sich immer nur um sich selber drehn.

Ein sehr kurzes Märchen

Hänsel und Knödel,
die gingen in den Wald.
Nach längerem Getrödel
rief Hänsel plötzlich: „Halt!"

Ihr alle kennt die Fabel,
des Schicksals dunklen Lauf:
Der Hänsel nahm die Gabel
und aß den Knödel auf.

DOCH EINE LANGE LANGE—!

EIN WENIG FLACH ZWAR—!

SEHT DORT DIE WASSERSCHLANGE,

DER HOFDAME KIKUKO - EDO - ZEIT)

(HAIKU AUS DEM REISETAGEBUCH

DAS WUNDERTIER!

Die Traumfischer

Denk dir: Auf riesenhaften dunklen Schiffen
segeln sie auf das Meer des Schlafs hinaus
bis zu den heimlichen Korallenriffen,
dort werfen sie die langen Netze aus.

Sehr ernste stille Leute sind die Fischer.
Ihr Kapitän ist alt – viel älter noch
als du dir denken kannst und wunderlicher,
auch ist er blind – und jeder folgt ihm doch!

Er kennt des Schlaf-Meers träumereichste Plätze.
Die Fischer warten, bis er ruft: „Holt ein!"
Dann ziehen sie an Bord die schweren Netze,
gefüllt mit tausend Träumen, groß und klein.

Da blinkt's und zappelt's bunt und vielgestaltig,
auch manches Greuliche erspäht der Blick.
Gleichmütig lädt die Mannschaft und gewaltig,
nur was zu klein ist, werfen sie zurück.

Die vollbeladenen Schiffe endlich laufen
im Hafen ein mit Segeln weiß und schön,
auf einem Markt den Fang nun zu verkaufen.
Dort hab' ich alle Träume heut gesehn.

Den allerschönsten – sei er dir gedeihlich! –
hab' ich für dich, mein Liebling, mitgebracht.
Hier, nimm! Du kannst ihn jetzt nicht sehen freilich,
doch warte nur erst, wenn du schläfst heut nacht!

Schluß der Vorstellung

Unser Theater der Witze und Wunder
zeigte euch, was man sonst nirgendwo sieht:
Zauber und Träume und glitzernden Plunder –
        nun kommt das Ende vom Lied.

Einmal noch hebt sich der Vorhang. Die Szene
zeigt Fräulein Plumpsack. Doch schaut, was geschieht!
Seelenvoll tanzt sie drei Sterbende Schwäne.
        Das ist das Ende vom Lied!

Dreimal vergeht sie in lieblicher Klage,
eh' sie gen Himmel der Schwerkraft entflieht.
Dann schwebt das ganze Theater ins Vage.
        Das ist das Ende vom Lied.

Unsere Bühne muß wieder verschwinden,
wie wir sie schufen in Geist und Gemüt:
Was Fantasie und Gedanke erfinden,
        erlischt mit dem Ende vom Lied.

Dunkel wird es, und leer ist die Stätte.
Aber wir haben uns redlich gemüht:
Figuren und Bilder malte Binette
        von Anfang bis Ende vom Lied.

Hat's euch gefallen, dann klatscht in die Hände,
wenn unser Karren von dannen nun zieht!
Was ihr gehört habt, sind Lieder von Ende,
        und das ist das Ende vom Lied.

© 1982 by K. Thienemanns Verlag, Stuttgart.
Printed in Germany. Alle Rechte vorbehalten.
Typographie und Einband gestaltet
von Ursula Singh-Riesen, CH-4303 Kaiseraugst.
Den Text setzte Layoutsatz AG, Zürich,
in der ITC Garamond schmal normal, dreizehn Punkt.
Reproduziert und gedruckt von Hablitzel & Sohn
in Dachau auf Hahnemühle Ingres Bütten 130 Gramm.
Von Fritz Göttermann in Aßling gebunden in
schwarzes Peyerleinen Comtesse.
CIP-Kurztitelaufnahme der Deutschen Bibliothek:
Ende, Michael: Schattennähmaschine
Michael Ende; Binette Schroeder.
Stuttgart: Thienemann, 1982.
ISBN 3 522 12790 0 NE: Schroeder, Binette.

Das Buch wurde in einer ersten Auflage von
5000 Exemplaren gedruckt.
200 Exemplare der ersten Auflage wurden numeriert
und vom Autor und der Illustratorin signiert.
Jedem dieser Exemplare liegt eine
handsignierte Originalradierung der Illustratorin bei.